# A DESCIDA DO MONTE TABOR

HUGO LANGONE

POEMAS

*Editor*
Edson Manoel de Oliveira Filho

*Produção editorial*
Editora Filocalia

*Capa e projeto gráfico*
Nine Design | Mauricio Nisi Gonçalves

*Preparação de texto*
*Gabriela Trevisan*

*Revisão*
*Valquíria Della Pozza*



Dados Internacionais de Catalogação na Publicação (CIP) de acordo com ISBD

L284d Langone, Hugo
A descida do Monte Tabor / Hugo Langone. - São Paulo, SP : Editora Filocalia, 2021.
72 p. ; 14 x 21cm.

ISBN: 978-65-88143-13-1

1. Literatura brasileira. 2. Poesia. I. Título.

2020-3103 CDD 869.1
CDU 821.134.3(81)-1

Elaborado por Vagner Rodolfo da Silva - CRB-8/9410
Índice para catálogo sistemático:
1. Literatura brasileira : Poesia 869.1
2. Literatura brasileira : Poesia 821.134.3(81)-1

Editora Filocalia Ltda.
Rua França Pinto, 509 · São Paulo · SP · 04016-032
Telefone: (5511) 5572 5363
atendimento@filocalia.com.br · www.editorafilocalia.com.br

Este livro foi impresso pela Mundial Gráfica em março de 2021. Os tipos são da família Adobe Garamond Pro e Trajan Pro. O papel do miolo é o Pólen Bold 90 g, e o da capa, cartão Ningbo 250 g.

# A DESCIDA DO MONTE TABOR

HUGO LANGONE

POEMAS

FI LO CA LIA

# Sumário

*A estes cinco: Bento, Benjamin, Catarina, Antônio*
*& Ângelo, meus exames de consciência*

[...] *for beauty is a witch*
*Against whose charms faith melteth into blood.*

*– Much Ado About Nothing, II, 1*

# Prefácio

Leonardo Fróes

## *Mosaicos feitos com palavras*

Depois de ler os poemas deste livro, e aceitar o convite para redigir seu prefácio, sonhei que já o estava escrevendo e obedecia a uma ordem do sonho para escrevê-lo "à bizantina".

A manhã estava clara. Mas acordei na escuridão, dando tratos à bola para ver se entendia o enigma latente naquela imposição do sonho. Como seria "escrever à bizantina", uma expressão que eu nunca tinha ouvido?

De manhã, quando a cabeça ainda está fresca, é fácil deixá-la solta, impulsionada ao sabor das associações. Fazia frio, sentei-me ao sol. E a lembrança que de imediato me veio foi a do contato mais marcante que tive com as artes de Bizâncio.

Com pouco mais de vinte anos, na década de 1960, vaguei por longo tempo pela Europa, sempre sozinho e sem bagagem, mas cheio de alegria e prazer. Fazendo grandes descobertas, trilhava todos os roteiros de arte que meus poucos recursos permitiam. Já não sei mais se parti de Roma ou de Florença para ir a Ravena. Mas constato ainda hoje o deslumbramento que senti ao chegar lá.

Os mosaicos bizantinos de Ravena, montados no interior das igrejas durante o século VI, pareciam datar de poucos meses, tal o brilho e o frescor que irradiavam. Em outros lugares, especialmente em Veneza e seus arredores, e em vários museus, vi muitos outros exemplos de arte bizantina. Mas nada foi tão impactante em meus sentimentos quanto aquela experiência da revelação em Ravena.

Logo depois de a relembrar, voltei aos poemas de Hugo Langone e então os considerei mosaicos de palavras, pois não há neles visíveis elos discursivos. Precisamos, para bem apreciar seus poemas, montar seus sentidos, como se as frases se conectassem de modo análogo ao de um jogo imaginativo de armar.

Se esses poemas são mosaicos, como os li, o caráter bizantino do deslumbramento se torna bem evidente pela luminescência que emana de numerosas imagens articuladas por eles, como "o esplendor do brocado", "o diadema dos montes", "o manto de lume", "um serafim dourado" ou a "mão clara e esmaltada de esposa".

Fogo, fulgor e ouro, elementos tão típicos nas criações de Bizâncio, estão presentes em relevo nos escritos que compõem *A Descida do Monte Tabor*. E um dos poemas deste livro se intitula "Os vitrais", que em sua substância, como os mosaicos, também são pinturas feitas com vidro.

Ouso afirmar que a melhor chave para participar da poesia de Langone está contida neste expressivo trecho:

> O peito atribulado, esse sim:
> o que ansiamos na tepidez dos dias
> logra: ser mais impacto que poesia,
> desconhecer quanto pode o verso
> que fermenta se o tempo é só demora.

Aos que o desejam tão alto, porém,
e ao cabo essa é promessa sempre vã,
é consolo que tenha o peito afã
qual o do místico: traem-no as palavras
como àquele, os dísticos; implora

O que o aplaca e só: misericórdia.

# POEMAS

# À POETISA POLONESA

No medievo e antes, houve quem achasse nome
Às espessuras que não penetras.
Essa fala de andorinhas, de céu,
De amor simples,
A fala que apraz mas não
Rasga fronde alguma, nada,
Nem a brisa fácil que é no fundo
Rumor divino...

É este mesmo o risco do poema,
Outrora claro às poetisas:
Perder o verbo escuro que circula
Antes mesmo do ocaso,
Entre os hibiscos,
O adjetivo ainda firme
Quando se movem as madressilvas
E recendem.

# SESTA

O silêncio das crianças a evocar
cenários de éclogas.

– Imolada, já não morres! –

eis o que tencionas dizer,
o poeta eucarístico,

na placidez da cozinha limpa
à palavra
que bradarias para diluí-la

no coro dos céus,
e que ali permaneça.

# CAMILA À BANCADA

Se pintasse a ti
Um qualquer Giotto,
Às mãos, que daria?
Um matiz ocre, barro,
Mesmo ouro –
Mas o aroma ameno do alecrim,
Esses resquícios da oliva?

Nota: nos nós de teus dedos
um Mediterrâneo vai todo, inteiro,
Em cheiro.

A que tom não fugirão
Os eflúvios doces de espírito
Que ora descubro e vêm,
Esquivos,
Por um braço teu que minha cintura
Toca.

# NA ESTRADA, ENTRE AS MONTANHAS

És fumaça sem fonte, ó morte.
De onde vens, de onde?

Corpo não tens; só arautos.
E de arte que os alcance – nota!
Sou falto.

Tão bem os disfarçaste!
Se em penas e guerras se achavam,

Teus arautos ora encerras, morte,
Nos silêncios da terra.

# CÂNONE

Mortos de corpos incorruptos,
As grinaldas de suas frontes
As mãos nos ferem.
Pilhas repletas de mortos nós subimos,
Nós, os alpinistas, cujos semblantes
Nada da dor traduzem
Entre a gelidez dos corpos e o eco
De vozes semivivas.
Se servem as palavras agora,
Será para camuflar qualquer angústia.
A de não chegarmos ao gozo do cume,
De não entoarmos o grito de triunfo.

# DETERMINADO

*Nomen est omen!*
Grande coisa, pois, é ser homem
Ou bicho, ser tratado qual pó feito Deus
Ou qual lixo; buscar a centelha pregressa,
O código, ser filho mau que não regressa,
Pródigo: se ao pai não chama,
O santo o faz, mas céu ou lama,
onde se esteja, grande coisa ser
– *nomen est omen*! –
O que festeja ou quem rasteja.

# LAPSO

Na minha janela,
Os manjericões vivem pouco.
Vem-lhes o sol, arde-os,
Dá-lhes o toque que os contorce
Ao negrume...
Entre as xícaras de café,
Ficam suspensas as rondas do espírito,
e os manjericões o sabem.

Às suas folhas,
Dou então os apelidos que convêm.
Chamo-lhes sem pensar de baixezas,
De voluptuosas, dos epônimos caninos de quem
Se contorce e arde sob o roçar quente.

Penso: os vigias que fazem as rondas do espírito
Devem ser competentes.
Tomam-me pelos braços, levam-me dali,
São rápidos,
Não gostam do sol do verão.

# QUANDO NA *CHIESA DEL GESÙ*

Um fogo
Que gera fogo, que arde
E alimenta fogo,
Fogo, é tudo isso
A mim: fogo.
Porque ardor de fogo não foi
Cada arco de pilastra dado,
Um talho oculto, qualquer,
Sob um serafim dourado,
Ao abrigo duma mitra ganha
Por calor de fogo – que arde!, claro,
E arde.
E se lhe vou agradecer a pedra e
A madeira, cada curva lavorada,
Já não será o próprio fogo a fazê-lo, que
Queima e gera fogo, pois que de nada,
Nada poupa a brasa?

## *SED TANTUM DIC VERBO*

Como córrego
Entre hulhas
É que desces.
Vens: ao corpo que esperaria
ser alvo, antes, da ironia,
Secura regada por tua censura...
Mas porque brincas: ignoram teus pés a aridez?
O homem que sou é o mesmo que vês?

# METÁFORA I

*O que escandalizar um destes pequeninos*

Vede, as pitangas, quando vermelhas,
Como que ardem, rubras, de um amor alto e ramos leves,
E quando caem, sim, caem nem sempre pesadas, mas
[sempre
Com seu barulho oco,
O triste espetáculo do amor vermelho, disforme,
Do suco que é bebida de insetos,
O estrondo seco
Das criancinhas que vêm,
Escorregam.

O peito atribulado, esse sim:
o que ansiamos na tepidez dos dias
logra: ser mais impacto que poesia,
desconhecer o quanto pode o verso
que fermenta se o tempo é só demora.

Aos que o desejam tão alto, porém,
e ao cabo essa é promessa sempre vã,
é consolo que tenha o peito afã
qual o do místico: traem-no as palavras
como àquele, os dísticos; implora

O que o aplaca e só: misericórdia.

# O QUE É A POESIA

O brocado,
O esplendor do brocado,
Os fios e o esplendor dos fios
Cegam. Há um corpo
Sob o manto, nu e palpável e evidente
Como os corpos todos.

Os foguetes,
O estampido dos foguetes, e as plumas
Roçando contra o vento ao receber o cortejo
Atordoam. O corpo nu sob o brocado,
O corpo sob os fios,
No centro do desfile diz, ele fala,
E é pouco, muito pouco,
O que ouvem os assistentes.

# ESTÉTICA

que diga
"minh'alma está triste até a morte"
eu

corpo em pedra
quando

sob o nublado céu
de Ibiúna

silêncio
e consciência
se fundem

mas um Deus
um Deus desfigurado

o Deus que
vertente de sangue

se arroga
a beleza?

# IDA

*R. F. e I. M, que no Rio ficam.*

Quem seriam?, quando, em poema alheio,
Deixo-me às voltas com as dedicatórias:
Às vésperas de despedidas, ficamos afeitos aos mistérios.
As minhas, estas sim, estas mesmas,
Àqueles em quem penso quando disputo, manhãs inteiras,
A flor anônima e rosa à varanda, com pássaros e saguis.
Viajarão, conseguirão, estarão para sempre a salvo
Da incerteza dos dias que perturba
Um amigo poeta facilmente perturbável?
A fortaleza, ela é falha, mas engrandeço-me nas
[dedicatórias pois o coração
É mesmo grande e quer, mais que a flor rosácea e a
[atenção
De pássaros, que a ele mesmo finquem
Neste Rio de Janeiro de adeuses,
Que traiam o Eneias pouco heroico que deve partir e
[parte,
O covarde que vai, mui triste, à sua pátria já fundada.

# METÁFORA II

Poder denominar "verdade"
O espaço infindo a que o penhasco leva.
À beira, faz o que deve a poesia:
Estende-lhe a mão,
não sente – é um vão –,
mas toca. Se o alcança, porém,
Treme também, e não se lança
Porque morre.

# OS VITRAIS

Os vitrais têm esta discrição.
Porque conhecem a hora improvável,
Bem antes do ocaso já cedem,
Dão-se à tibieza, jazem
Mornos, lembram o pavio
Que fumega.

Talvez por isso, à hora improvável,
Acharão teus olhos o fulgor acima,
Inesperado.

Donde recolherá o brilho este vitral à esquerda,
Imponente e só quando é longe a noite mas assoma,
A distância,
Como horda?

Os vitrais que atacou o ocaso têm aquela discrição
E deveriam agir como os discretos.

Sim: encontrar o raio derradeiro
Quando todos se desesperam do lume –

Ousa o vitral esquerdo furtar o alarde
Que convém ao teu peito.

# CREPÚSCULO

Como o diadema dos
montes

Brisa, brisa: ao vê-lo urrarás
em favor do cedro erguido,
e olharei

É bárbaro, o crepúsculo,
sobrepuja o manto de lume
a passo e passo

Bárbaro, bárbaro!,
Confunde este menino

Ou o torpor do firmamento,
Ou querer o corpo seguro do pai

# INSTANTE

Dado foi, a tanta coisa,
Um propósito único.
O do olhar de Santa Gemma,
O da túnica inconsútil,
Deve ser este que descobres:
Assaltar-te em dissimulada brandura
E entretecer-te no mistério.
Lograria a vida agora, porventura,
Recobrar sua face pouco ingente?
A resposta, sutil, em mão de esposa vem,
Em mão clara de esposa
E esmaltada,
Que julga aqui, com carinho,
Afagar-te, mas te vai
deslindando
do espanto.

# ESPERANÇA

Se toda cordilheira passará,
não lhe terão inveja as nuvens breves do verão.
Que são mil anos ou cem mil?
– E meus trinta são menos.
A este rosto, cujo cerne inabalável une
um garotinho tímido do passado a este varão espavorido
(descobriu-se – dó! – à invisível soleira
que leva ao abismo do tempo),
milagre mesmo é que digam amá-lo.

# DIANTE DOS QUADROS DE REVOLUÇÕES E INDEPENDÊNCIAS

Em que todos reconhecem
A própria grandeza.
Debaterão – sempre prontos –
os céus e os cerros,
Estações, estrelas?
O mundo – têm por certo –
É palanque ele inteiro,
E o verão, reconheço,
Pode ser controverso.
Ó, homens políticos!
Que faríeis se pedisse
Um menino desenhado a vosso lado,
Absorto em cantigas enquanto tanto lhe faz
A duração do dia,
A distância dos astros.

# SERRA

Glória,
dirão os teólogos,
é peso

Entristeço-me

Nas mãos
agora infames

Os versos ligeiros
Dos manacás
Ébrios de sol

# CORAÇÃO INQUIETO, ATÉ QUE DESCANSE

Mudam-se os fins, mudam-se os meios,
Muda-se o peito.
A mim direi o quê, a cada novo preceito?
Apaga, meu eu, a palavra velha, já falta
De efeito? Pois é este o risco de não quereres
O horizonte velho mas sempre novo,
O horizonte perene, o horizonte perfeito.

# VIRGILIANO

Quis Príamo a juventude
– e não havia.
Perscrutou-a, tolo,
Em brônzeo elmo,
Tudo esperou de um dardo breve,
Entretalhado,
Mas o nojo argivo às ficções não pôde
Ver: encobriu-o,
Por velozes pés alçado,
O pó então assente
Da realidade cruel,
Cobiçosa.

# CONCERTO DE ARANJUEZ

É um que chora
E o outro,
E alternam-se,
E choram todos –
E tudo é súbito mar, então,
Mar de dores

Mas ali, onde não há praia,
Como chorarás, Adélia?
Que precisas do pranto em terras altas,
Mas só lhe chegam o Itapecerica e o Pará

# PINÁCULO

Um, e não mais que um,
e nada senão ele me bastaria,
e teríeis todos os lírios, e teríeis nele
todas as flores. Um olhar,
inconsequente mesmo e de súbito
vindo, mesmo um olhar irrefletido
que a vós eu descrevesse, e teríeis
os olhares todos – ou os homens,
se tomasse-me a mim, no pináculo
da noite, à mercê do verso
estúrdio que assuma aparência solene.
No regaço de uma cesura deveriam
repousar os filósofos todos, à procura
de sua ontologia, de seu milagre metafísico.

# *STABAT*

Foi-se já o tempo de temê-las. Que te farão, Langone,
As ruas abarrotadas de um centro de cidade?
Há de contemplar, com certo gosto,
Essa cruel face da vida.
Aos poucos, vê, esvaziam-se:
Não te desconcerta, se pensas,
Que na imensidão da noite
As vias desertas circundem
A luz rubra e ardente dum sacrário,
Resistindo às portas fechadas
Qual a mãe, de pé,

Num local chamado Gólgota?

# POETA AO ESPELHO

A tinta azul entre os dedos
É que engana.
Tua mão não é viva,
Tua mão, sabes,
Não é hábil.
Fosse antes o membro seco
A que a Palavra milagrosa bastaria – estende-a!,
E ei-la como o grão que a torrente rompe,
Árvore de cujos frutos
Gozarão pássaros.

Mas este deserto!
Quantas palavras podem ecoar os desertos
Sem perder a secura?
Desertos! Desertos!
E se pensares que um só
Viu tudo quanto
Um homem poderia padecer...
Desertos! Serão vossas miragens qual
A nódoa azul que um pobre-diabo tem sobre a mão desértica,
Sobre a mão árida,
Que não leva à página senão o roçar seco do vento
Sobre areia?

Um roçar seco do vento jamais
Levaria os corações à ordem.
A mão desértica, por isso,
O poeta contempla ao espelho,
Tem dela nojo,
Mas é sua.

VOCÊ PODERÁ INTERESSAR-SE TAMBÉM POR:

Neste livro, Cláudio Neves segue a tradição romântica da poesia narrativa para compor um romance em versos. O enredo de *Hibiscos Vermelhos e Tilápias Vivas* é construído a partir de três núcleos dramáticos: o narrador anônimo, que vive sozinho num pequeno apartamento, suas lembranças da ex-esposa Silvia e de seu primo Artur –figura central de sua infância. Assim, passado e presente se entrecortam numa atmosfera por vezes onírica. As memórias, repetidas e superpostas, formam a trama do romance, entrelaçam-se e adensam-se na direção das revelações do desfecho. O poema, então, vai ganhando aspectos dramáticos através da evocação lírica de recordações das personagens, e os aspectos narrativos vão se revelando nas ações surpreendentes das personagens.

# Do mesmo autor, leia também:

Neste belo e cuidadoso estudo, Hugo Langone investiga, após examinar os diálogos mantidos por Agostinho com alguns discípulos na cidade de Cassicíaco e o seu projeto de cultura exposto em *De Doctrina Christiana*, o uso que o santo faz da literatura latina na obra *Confissões*. O problema surge porque, além de as ficções pagãs frequentemente narrarem atos de moralidade duvidosa, a erudição a respeito delas é comumente estimulada por mera vaidade – e usurpa um tempo e uma atenção que poderiam ser dedicados a assuntos espirituais. Agostinho lamenta, por exemplo, que um dia haja pranteado a morte da rainha Dido, personagem da *Eneida* de Virgílio que comete suicídio após apaixonar-se por Eneias, herói que relatava as suas próprias aventuras. Langone demonstra que, longe de fazer uma simples reprovação, Agostinho se apropria genialmente da literatura pagã, ao mesmo tempo reconhecendo o seu valor e apontando a sublimidade do cristianismo.

Mais um belo livro de poesias de Cláudio Neves. Dividido em duas seções, a primeira (homônima ao título da obra), conta com 28 poemas curtos – sendo uma quintilha, uma sextilha, várias oitavas, nonas e décimas, além de alguns poucos textos formados por mais de dez versos. A segunda seção, intitulada "Escritos Fora Dela" (fora da livraria), reúne somente sete poemas da nova safra de sonetos de Neves, atualmente um dos maiores cultores, em língua portuguesa, dessa clássica forma poética.